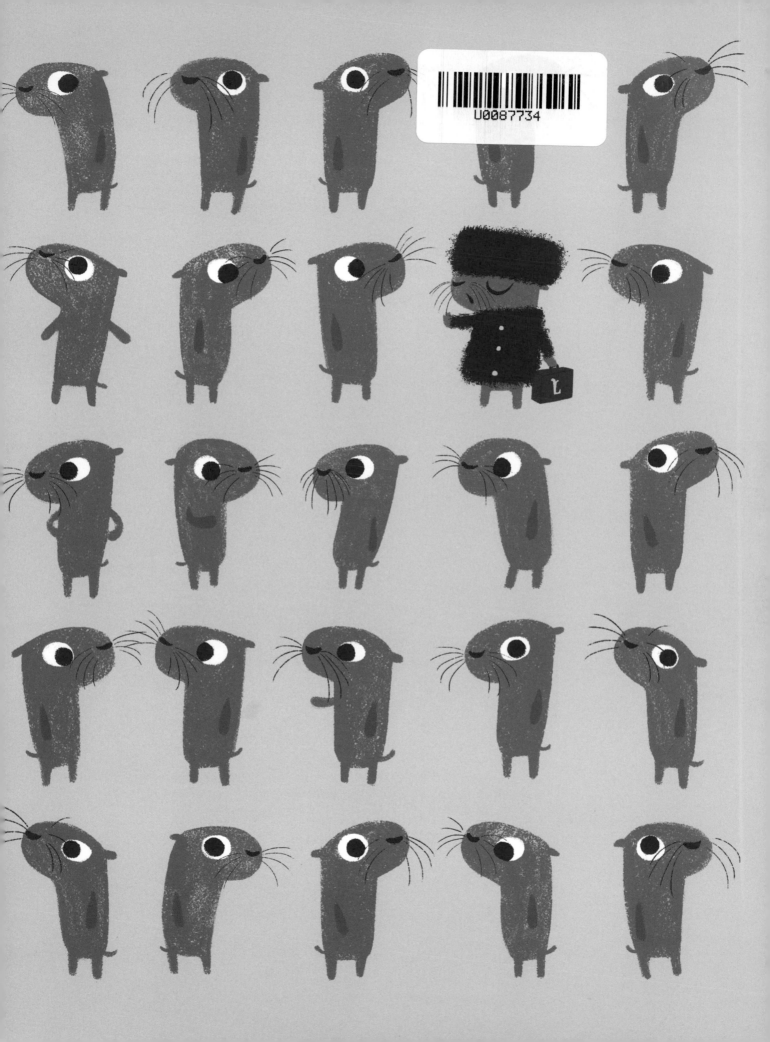

獻給強尼 K、海利和喬瑟芬——約翰‧布里格斯

獻給里歐——妮可拉‧史雷特

© 　小旅鼠向前衝！

文　　字	約翰‧布里格斯
繪　　圖	妮可拉‧史雷特
譯　　者	吳其鴻
責任編輯	郭心蘭
美術設計	郭雅萍
版權經理	黃瓊蕙
發 行 人	劉振強
發 行 所	三民書局股份有限公司
	地址　臺北市復興北路386號
	電話　(02)25006600
	郵撥帳號　0009998-5
門 市 部	(復北店)臺北市復興北路386號
	(重南店)臺北市重慶南路一段61號
出版日期	初版一刷　2017年8月
編　　號	S 858321

行政院新聞局登記證局版臺業字第○二○○號

有著作權‧不准侵害

ISBN　978-957-14-6320-9　(精裝)

http://www.sanmin.com.tw　三民網路書店
※本書如有缺頁、破損或裝訂錯誤，請寄回本公司更換。

小旅鼠向前衝！

約翰·布里格斯／文　　妮可拉·史雷特／圖　　吳其鴻／譯

三民書局

你能看出這兩隻旅鼠有什麼不同嗎？

不行吧？

這是因為所有的旅鼠看起來都很像，聲音和行為也一樣。

只有一隻例外……

當所有的旅鼠都待在地洞裡取暖的時候，
只有他和海鸚在滑雪。

當所有的旅鼠都吱吱、吱吱吱的叫個不停的時候，只有他拍打著向海豹借來的邦戈鼓。

當所有的旅鼠都在找石頭底下的苔蘚吃的時候，只有他訂了義式臘腸披薩加雙份起司和辣椒醬。

你們看！披薩把雪融化了！

是ㄕˋ的ㄉㄜ˙，這ㄓㄜˋ隻ㄓ旅ㄌㄩˇ鼠ㄕㄨˇ是ㄕˋ個ㄍㄜˋ異ㄧˋ類ㄌㄟˋ。
他ㄊㄚ在ㄗㄞˋ每ㄇㄟˇ一ㄧ張ㄓㄤ合ㄏㄜˊ照ㄓㄠˋ裡ㄌㄧˇ都ㄉㄡ很ㄏㄣˇ搶ㄑㄧㄤˇ眼ㄧㄢˇ。

挪ㄋㄨㄛˊ威ㄨㄟ之ㄓ旅ㄌㄩˇ

玩ㄨㄢˊ捉ㄓㄨㄛ迷ㄇㄧˊ藏ㄘㄤˊ的ㄉㄜ˙時ㄕˊ候ㄏㄡˋ，他ㄊㄚ也ㄧㄝˇ很ㄏㄣˇ容ㄖㄨㄥˊ易ㄧˋ被ㄅㄟˋ發ㄈㄚ現ㄒㄧㄢˋ。

他的同伴試著和他溝通。

「他希望我們叫他雷利。」

「我才不要叫他雷利。」

「什麼是雷利？」

「從來沒有旅鼠會取名字叫雷利。」

「從來就沒有旅鼠會取名字。」

「我還以為他希望我們叫他瑪莉。」

旅鼠們召開大會，
需要討論的問題只有一個：

所有的旅鼠
是不是都
應該一樣？

不是。

雷利不想勉強改變自己，所以他試著做些其他旅鼠從沒做過的事。

他去和海豹生活在一起。

他搬去和海鸚住在一起。

你們住在懸崖上？

他ㄊㄚ去ㄑㄩ拜ㄅㄞˋ訪ㄈㄤˇ北ㄅㄟˇ極ㄐㄧˊ熊ㄒㄩㄥˊ。

雷利一路跑回家，旅鼠們也全都在跑，
而且他們直接跑向懸崖！

雷利用最快的速度向前衝，
他在隊伍的最前方急轉彎……
所有的旅鼠都跟著他！

雷利的小木屋

旅鼠們緊緊的跟著雷利，每一隻都平安回到家，他們一起接受英雄的招待，享用義式臘腸披薩加雙份起司和辣椒醬。

「如果你的朋友全都要跳下懸崖，你也會跟著跳嗎？」

會！

不會。

或許吧！

我不確定。

我能活著回來嗎？

懸崖有多高啊？

嘿！我才不會！

不可能！

我可以帶降落傘嗎？

雷利微笑著，因為他的朋友都會自己思考了。